深见春夫"脑洞大开"系列

U0745824

蔬菜王国的新鲜事

[日] 深见春夫 日本智慧鸟 著 / 绘

GUANGXI NORMAL UNIVERSITY PRESS
广西师范大学出版社
·桂林·

SHENJIANCHUNFU NAODONGDAKAI XILIE SHUCAI WANGGUO DE XINXIANSHI

深见春夫"脑洞大开"系列 蔬菜王国的新鲜事

出版统筹：李闰华　　　责任编辑：戚　浩

品牌总监：张少敏　　　助理编辑：田　源

质量总监：李茂军　　　美术编辑：刘淑媛

选题策划：张少敏　　　营销编辑：鲍　达

版权联络：郭晓晨　　　责任技编：郭　鹏

　　　　　张立飞

著作权合同登记号桂图登字：20-2025-014 号

图书在版编目（CIP）数据

深见春夫"脑洞大开"系列. 蔬菜王国的新鲜事 /
（日）深见春夫，日本智慧鸟著、绘. -- 桂林 ：广西
师范大学出版社，2025.5. -- （神秘岛）. -- ISBN 978-
7-5598-8021-5

Ⅰ. I313.85

中国国家版本馆 CIP 数据核字第 2025VU9196 号

广西师范大学出版社出版发行

（广西桂林市五里店路 9 号　邮政编码：541004）

（网址：http://www.bbtpress.com）

出版人：黄轩庄

全国新华书店经销

北京博海升彩色印刷有限公司印刷

（北京市通州区中关村科技园区通州园金桥科技产业基地环宇路 6 号

邮政编码：100076）

开本：787 mm × 1 092 mm　1/16

印张：18　　　字数：100 千

2025 年 5 月第 1 版　　2025 年 5 月第 1 次印刷

定价：150.00 元（全 6 册）

如发现印装质量问题，影响阅读，请与出版社发行部门联系调换。

亲爱的中国小读者们，

　　你们好！我是你们的老朋友深见春夫。这次，我为你们准备了一套全新的故事，希望它们能像《魔法花园》里麦奇夫妇得到的种子那样，在你们心中生根发芽，长成属于你们自己的神奇花园，为你们带来快乐和惊喜。

　　在全新的系列中，我依然为你们准备了各种奇思妙想，带给你们各种脑洞大开的故事，其中有会说话的家具，有能变成热气球的拼布，还有能长成巨大游乐园的神奇植物。我希望这些故事能像魔法一样，为你们打开心灵之窗，让你们在阅读中得到快乐，获得更广阔的眼界。通过这些故事，你们将学会勇敢、关怀、分享等美好品质，这些品质会成为你们成长道路上的宝贵财富。

　　最后，希望你们能喜欢我的新书。愿你们在阅读中发现更多意想不到的喜悦，愿你们的想象力如同天空中的云朵，自由翱翔。我将继续与你们探索这个奇妙的世界！

深见春夫

开饭啦！

"哒哒哒哒，我是小勺子。
有了我，小超吃饭会更香！"

好香啊！前面是谁啊？

"啪嗒啪嗒，我是小饭碗。

盛好满满一碗饭，香香的，热热的。

一起去找小超吧！"

好香啊！前面是谁啊？

"扑哧扑哧，我是小汤碗。
鲜美的汤还在冒泡泡，
赶紧去找小超吧！"

"沙沙沙沙，我是沙拉碗，
好吃的沙拉碗里装，需要酱汁来帮忙。"
"咕嘟咕嘟，我是炖菜碗，
美味的炖菜等你尝。"

"好香啊！我都想尝一尝！"

"当啷当啷"——大锅爷爷走来了，他有一个好消息。

"孩子们，想不想去汤之海啊？"

"听说那里到处都是蔬菜！"小勺子激动地说。

"当啷当啷……""哒哒哒哒……"大家一起出发了。

走啊，走啊，周围突然热闹了
起来，原来他们来到了蔬菜森林。
蔬菜们好热情啊！

东张西望的小汤碗突然被一棵大莴笋绊倒了。

大莴笋扶起小汤碗，得知大家要去汤之海，于是说：
"往前走，穿过胡萝卜阵、番茄林和卷心菜庄园就到了。"

就在小路的拐角处，大家遇到了胡萝卜阵。

好威风啊！

入口

好神奇啊！

我们必须
走出这个方阵。

突然，胡萝卜士兵迈开了步子，组
成了一个迷阵。

这边不通！

出口

出口在哪儿呢？

23

你们太棒了，
欢迎下次再来。

小超很快找到了出口。胡萝卜士兵迅

速列成两队，欢送大家。

"当啷当啷……" "哒哒哒哒……"

大家继续往前走……

他们来到了大莴笋说的番茄林。

这里真的有好多番茄啊！

番茄林

番茄们在枝条上摇啊摇啊，
红通通的真好看！

好客的番茄带大家来到了餐桌旁。

走了那么远的路，小超的确有点儿饿了。

番茄们为小超准备了一大桌好吃的，小鸟和云朵都赶来帮忙了。

原来番茄还能做出这么多美味的食物！

还等什么，赶紧尝一尝吧！

番茄们还为大家带来了精彩的表演，小超也忍不住加入到队伍里。

番茄林可真有趣，但小超还有路要赶。

他把热狗装进小书包，想带给妈妈尝一尝。

"当啷当啷……" "哒哒哒哒……" 大家出发

继续走，一定要到汤之海。

看啊，前面就是卷心菜庄园了！

小超最不喜欢吃的就是卷心菜。

"快来尝一尝，这里有你想不到的美味。"卷心菜爷爷说，"我们给你准备了……"

卷心菜沙拉、卷心菜丸子，还有卷心菜比萨……

"没想到卷心菜还能这么好吃！"小超开心地说。

卷心菜庄园也不错，但小超还有路要赶。

他把美味装进小饭盒，想带给妈妈尝一尝。

"当啷当啷……""哒哒哒哒……"大家出发

继续走，一定要到汤之海。

"翻过前面的山坡就是汤之海了！"
大锅爷爷说。
大家欢呼起来。

这里就像蔬菜的海洋！

深见春夫"脑洞大开"系列

绿魔怪遇上牙齿怪

[日]深见春夫 日本智慧鸟 著/绘

GUANGXI NORMAL UNIVERSITY PRESS
广西师范大学出版社
·桂林·

SHENJIANCHUNFU NAODONGDAKAI XILIE LÜMOGUAI YUSHANG YACHIGUAI

深见春夫"脑洞大开"系列 绿魔怪遇上牙齿怪

出版统筹：李闰华		责任编辑：戚　浩
品牌总监：张少敏		助理编辑：田　源
质量总监：李茂军		美术编辑：刘淑媛
选题策划：张少敏		营销编辑：鲍　达
版权联络：郭晓晨		责任技编：郭　鹏
张立飞		

著作权合同登记号桂图登字：20-2025-014 号

图书在版编目（CIP）数据

深见春夫"脑洞大开"系列. 绿魔怪遇上牙齿怪 /
（日）深见春夫，日本智慧鸟著、绘. -- 桂林 ：广西
师范大学出版社，2025.5. -- （神秘岛）. -- ISBN 978-
7-5598-8021-5

Ⅰ. I313.85
中国国家版本馆 CIP 数据核字第 2025HC6940 号

广西师范大学出版社出版发行

（广西桂林市五里店路 9 号　邮政编码：541004）
（网址：http://www.bbtpress.com）

出版人：黄轩庄

全国新华书店经销

北京博海升彩色印刷有限公司印刷

（北京市通州区中关村科技园区通州园金桥科技产业基地环宇路 6 号
邮政编码：100076）

开本：787 mm×1 092 mm　1/16

印张：18　　　字数：100 千

2025 年 5 月第 1 版　　2025 年 5 月第 1 次印刷

定价：150.00 元（全 6 册）

如发现印装质量问题，影响阅读，请与出版社发行部门联系调换。

亲爱的中国小读者们，

　　你们好！我是你们的老朋友深见春夫。这次，我为你们准备了一套全新的故事，希望它们能像《魔法花园》里麦奇夫妇得到的种子那样，在你们心中生根发芽，长成属于你们自己的神奇花园，为你们带来快乐和惊喜。

　　在全新的系列中，我依然为你们准备了各种奇思妙想，带给你们各种脑洞大开的故事，其中有会说话的家具，有能变成热气球的拼布，还有能长成巨大游乐园的神奇植物。我希望这些故事能像魔法一样，为你们打开心灵之窗，让你们在阅读中得到快乐，获得更广阔的眼界。通过这些故事，你们将学会勇敢、关怀、分享等美好品质，这些品质会成为你们成长道路上的宝贵财富。

　　最后，希望你们能喜欢我的新书。愿你们在阅读中发现更多意想不到的喜悦，愿你们的想象力如同天空中的云朵，自由翱翔。我将继续与你们探索这个奇妙的世界！

深见春夫

看样子快要下雨了。

4

蓝蓝的天上，云朵像棉花一样堆积起来，挡住了火辣辣的太阳。

是啊。

绿魔怪从云端探出大脑袋，伸出大手，
张开大嘴大口大口地吃起了云朵。

　　"啊呜——啊呜——"

　　"真甜，真好吃！"

　　云朵就是绿魔怪的棉花糖。

绿魔怪超爱吃云朵棉花糖，只要天上一有云朵，他马上就钻出来，吃个精光。

"没有云，哪有雨？我们的庄稼都快渴死了！"

村民们满肚子怨气，却又怕惹绿魔怪发脾气，谁也不敢抱怨。

这天，绿魔怪正在睡午觉，忽然听见有谁在他嘴巴里说话。

绿魔怪吓坏了，一把抓来镜子照了照……

"你是谁？怎么跑到我嘴巴里的？"

"我是你的牙齿哦！我也喜欢云朵棉花糖，你吃的时候我也特别开心，谢谢你！"

谢谢！

　　从这天开始，绿魔怪每次吃云朵棉花糖，都能听到牙齿怪说谢谢。

有一天，绿魔怪还像往常一样吃着云朵棉花糖，忽然感到嘴巴里一阵剧痛。

痛得他从云端跌到了山顶，摔得脑瓜子嗡嗡响。

“你这家伙在搞什么鬼？”

“我没有，我没有。”

“什么没有，你知道我有多痛吗？”

“我是在表达感谢呀，感谢你吃了那么多云朵棉花糖，让我变得这么有精神！”

牙齿怪刚说完，绿魔怪又感到嘴里一阵剧痛。

痛得他从山顶滚到了山下，把山上的树都撞断了。

山下的人们听到动静，议论纷纷。

"真可怕！绿魔怪是在乱发脾气吗？"

绿魔怪痛得浑身冒汗，忍不住放声大喊：

"妈妈——"

地面猛地震动了起来，震得人们东倒西歪。

宝贝，你怎么啦？

绿魔怪的妈妈急匆匆地跑了过来。

绿魔怪说不出话，一直指着自己的嘴巴。

牙齿怪笑着说："你好啊，妈妈！"

"原来是你在捣鬼！"

"我只是在表达感谢……"

"这算哪门子的感谢？快给我出来！"

妈妈刚伸出手，牙齿怪迅速念了一句咒语。

绿魔怪的身体立刻扭来扭去，动个不停。

"宝贝，你别乱动啊！"

"我没乱动，是我的牙齿在捣乱！"

牙齿怪又念了一句咒语。

绿魔怪忍不住跳了起来，大步跑走了。

绿魔怪在前面跑，妈妈在后面追，

跑过一个山头，又一个山头。

妈妈跑不动了，急得大喊：

"孩子他爸——"

轰隆隆

话音刚落，天上响起一阵闷雷般的轰隆声。

一只巨大无比的手从云里伸出来，一把拎起了绿魔怪。

"你这小子，乱跑什么呢？"

爸爸的身体像山一样高大，声音像惊雷一般震耳欲聋。

爸爸仔细瞧了瞧，终于知道是怎么回事了。

"是你在捣鬼吗？"

牙齿怪畏畏缩缩地说："我只是在感谢他吃了很多云朵棉花糖……"

"孩子他爸，别听它胡说。你把孩子抓稳了，我要把它弄出来！"

嘟哒波里呀

牙齿怪急忙念起了咒语。

绿魔怪哇哇大哭起来，爸爸妈妈顿时被山洪般的眼泪掀翻在地。

"这可怎么办？"

眼泪洪水淹没了村子，人们只能爬到房顶和树上躲避。

一位老人大声说道："这事啊，只要把牙医找来，准能解决！"

于是，人们一个接一个地把话传了出去。

没过多久，一个又瘦又小的牙医就开着小船赶来了。

爸爸用手托着牙医，牙医战战兢兢地把头凑了过去，开始检查。

"好大一颗虫牙！交给我吧！"

村民们都来帮忙，制造了一套超级加大号工具。

牙医花了足足三天的时间，才为绿魔怪补好了虫牙。

"牙齿怪暂时不会捣乱了。但是，如果你再贪吃云朵棉花糖，它还是会来的。"

"唔……"绿魔怪点了点头。

"记住，每天都得好好刷牙！看，村民们还特意给你做了牙刷。"

从那以后，绿魔怪每天都会把牙齿刷得干干净净的。

偶尔，他还是会偷吃几口云朵棉花糖。不过，他再也不会把所有的云朵都吃光。

雨水终于可以落到地上了。

深见春夫"脑洞大开"系列

魔法花园

[日] 深见春夫 日本智慧鸟 著 / 绘

GUANGXI NORMAL UNIVERSITY PRESS
广西师范大学出版社
·桂林·

SHENJIANCHUNFU NAODONGDAKAI XILIE MOFA HUAYUAN

深见春夫"脑洞大开"系列 魔法花园

出版统筹：李闰华	责任编辑：戚　浩
品牌总监：张少敏	助理编辑：田　源
质量总监：李茂军	美术编辑：刘淑媛
选题策划：张少敏	营销编辑：鲍　达
版权联络：郭晓晨	责任技编：郭　鹏
张立飞	

著作权合同登记号桂图登字：20-2025-014 号

图书在版编目（CIP）数据

深见春夫"脑洞大开"系列. 魔法花园 / （日）深见春夫，
日本智慧鸟著、绘. -- 桂林：广西师范大学出版社，2025.5.
（神秘岛）. -- ISBN 978-7-5598-8021-5

Ⅰ. I313.85

中国国家版本馆 CIP 数据核字第 202558XR48 号

广西师范大学出版社出版发行

（广西桂林市五里店路 9 号　邮政编码：541004
网址：http://www.bbtpress.com）

出版人：黄轩庄

全国新华书店经销

北京博海升彩色印刷有限公司印刷

（北京市通州区中关村科技园区通州园金桥科技产业基地环宇路 6 号
　邮政编码：100076）

开本：787 mm × 1 092 mm　1/16

印张：18　　　字数：100 千

2025 年 5 月第 1 版　　2025 年 5 月第 1 次印刷

定价：150.00 元（全 6 册）

如发现印装质量问题，影响阅读，请与出版社发行部门联系调换。

亲爱的中国小读者们，

　　你们好！我是你们的老朋友深见春夫。这次，我为你们准备了一套全新的故事，希望它们能像《魔法花园》里麦奇夫妇得到的种子那样，在你们心中生根发芽，长成属于你们自己的神奇花园，为你们带来快乐和惊喜。

　　在全新的系列中，我依然为你们准备了各种奇思妙想，带给你们各种脑洞大开的故事，其中有会说话的家具，有能变成热气球的拼布，还有能长成巨大游乐园的神奇植物。我希望这些故事能像魔法一样，为你们打开心灵之窗，让你们在阅读中得到快乐，获得更广阔的眼界。通过这些故事，你们将学会勇敢、关怀、分享等美好品质，这些品质会成为你们成长道路上的宝贵财富。

　　最后，希望你们能喜欢我的新书。愿你们在阅读中发现更多意想不到的喜悦，愿你们的想象力如同天空中的云朵，自由翔翔。我将继续与你们探索这个奇妙的世界！

深见春夫

麦奇夫妇一直渴望拥有一个自己的花园。
一天，一位神秘的推销员来到他们面前。

"相信我，种下这些种子，你们很快将拥有一个魔法花园。"推销员热情地说。

"听起来不错啊，我们试试吧！"麦奇太太期待地说。

"记住，一定要好好阅读说明书。"
推销员提醒道。

也许是因为太高兴了，麦奇夫妇并没有听到推销员的话，他们迫不及待地想要种下种子。

"亲爱的，咱们不用再看看说明书吗？"麦奇太太问。

"相信我，这一点儿都不难。"麦奇先生自信地把种子种了下去。

没想到，神奇的事情发生了。

"天啊，这么快就长出来了！"麦奇太太惊讶地说。

"看来，我们很快就会拥有一个全城最漂亮的花园了！"麦奇先生兴奋地说。

植物不停地生长着，上面的花朵、叶子、果实都变得巨大无比，很快就遮住了天空。

这可太神奇了！不一会儿，果子纷纷掉了下来。

"别担心，这只不过是大
一点儿的果子！"有人大喊道。
"哪有这么大的果子！"
又有人喊道。

果子滚啊滚啊，一个一个地摞了起来，越摞越高……

一根根枝叶扭动了起来，唱起了歌，跳起了舞。

伴随着欢快的歌声，大家都不由自主地跳起舞来。

大家跳啊跳啊，根本停不下来。

"好累啊！别唱啦！"

枝叶马上安静了下来……

但它们很快又唱起了另一首歌。

伴随着奇怪的歌声，大家又不由自主地挠起了痒痒。

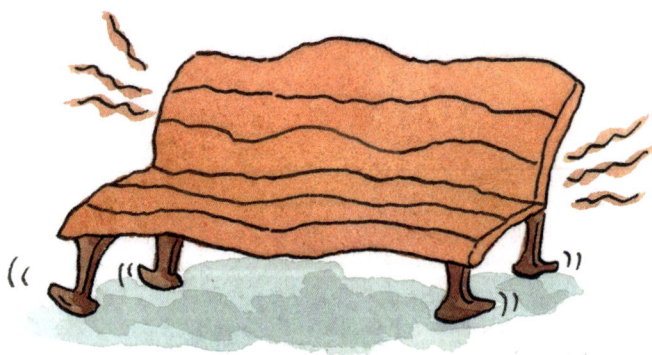

大家挠啊挠啊，根本停不下来。

好痒啊！别唱啦！

但这一次，枝叶并没有停下来。

这可怎么办啊，都怪麦奇先生！

大家找到了麦奇夫妇。

麦奇太太想起了推销员给他们的那本说明书。

希望一切还来得及。

枝叶终于停了下来，不再唱歌，也不再生长。可它们一点儿都没有变小，还是那么巨大。

"现在，我们该拿这些植物怎么办呢？"有人问。

　　"要不建个游乐园吧！"一个小孩子兴奋地说。

　　"真是个好主意！"大家都非常赞同。

43

麦奇夫妇原本只想要一个属于自己的魔法花园，
没想到这个花园最后变成了一个大大的游乐园。

现在，它属于
每一个人！

47

深见春夫"脑洞大开"系列

拼布变变变

[日]深见春夫 日本智慧鸟 著/绘

广西师范大学出版社

GUANGXI NORMAL UNIVERSITY PRESS

·桂林·

SHENJIANCHUNFU NAODONGDAKAI XILIE PINBU BIANBIANBIAN

深见春夫"脑洞大开"系列 拼布变变变

出版统筹：李闰华　　责任编辑：戚　浩

品牌总监：张少敏　　助理编辑：田　源

质量总监：李茂军　　美术编辑：刘淑媛

选题策划：张少敏　　营销编辑：鲍　达

版权联络：郭晓晨　　责任技编：郭　鹏

　　　　　张立飞

著作权合同登记号桂图登字：20-2025-014 号

图书在版编目（CIP）数据

　　深见春夫"脑洞大开"系列. 拼布变变变 / （日）深见春夫，
日本智慧鸟著、绘. -- 桂林：广西师范大学出版社，2025. 5.
（神秘岛）. -- ISBN 978-7-5598-8021-5

　　Ⅰ. I313.85

　　中国国家版本馆 CIP 数据核字第 20251G1N27 号

广西师范大学出版社出版发行

（广西桂林市五里店路 9 号　邮政编码：541004
　网址：http://www.bbtpress.com　　　　　　　）

出版人：黄轩庄

全国新华书店经销

北京博海升彩色印刷有限公司印刷

（北京市通州区中关村科技园区通州园金桥科技产业基地环宇路 6 号
　邮政编码：100076）

开本：787 mm × 1 092 mm　1/16

印张：18　　　字数：100 千

2025 年 5 月第 1 版　　2025 年 5 月第 1 次印刷

定价：150.00 元（全 6 册）

亲爱的中国小读者们，

　　你们好！我是你们的老朋友深见春夫。这次，我为你们准备了一套全新的故事，希望它们能像《魔法花园》里麦奇夫妇得到的种子那样，在你们心中生根发芽，长成属于你们自己的神奇花园，为你们带来快乐和惊喜。

　　在全新的系列中，我依然为你们准备了各种奇思妙想，带给你们各种脑洞大开的故事，其中有会说话的家具，有能变成热气球的拼布，还有能长成巨大游乐园的神奇植物。我希望这些故事能像魔法一样，为你们打开心灵之窗，让你们在阅读中得到快乐，获得更广阔的眼界。通过这些故事，你们将学会勇敢、关怀、分享等美好品质，这些品质会成为你们成长道路上的宝贵财富。

　　最后，希望你们能喜欢我的新书。愿你们在阅读中发现更多意想不到的喜悦，愿你们的想象力如同天空中的云朵，自由翱翔。我将继续与你们探索这个奇妙的世界！

　　　　　　　　　　　　　　　　深见春夫

丽莎喜欢做拼布。

各种各样的布料到了她的手中，

就变成了一块块漂亮的拼布。

一天，丽莎正在做拼布。一位头戴拼布帽，
身穿拼布连衣裙的仙女出现在她的面前。

"我的天哪，是拼布仙女！"丽莎惊呆了。

"我喜欢你做的拼布。"

说着，拼布仙女将手中的魔法棒送给了丽莎。

"只要用它指一指你喜欢的东西，它们就能变成好看的布料。快去试试吧！"

丽莎接过魔法棒，激动地说："谢谢！"

丽莎跑进了花园，开心地跳啊跳，转啊转，想找到自己喜欢的花朵。

"我想要一块铃兰布料。"

说着，她用魔法棒指了指洁白的铃兰。

嗖——

一块铃兰布料轻轻地飘到了丽莎的手中。

"你还可以发现更多美丽的布料。"拼布仙
女温柔地说。

于是，丽莎拿着魔法棒，告别了爸爸妈妈，开始了她的寻布之旅。

路上小心。

注意安全。

天上的云好美啊！
她不停地变幻着形状，好像希望丽莎能注意到自己。

丽莎用魔法棒指了指云朵。
"云姑娘，能把你最美的样子送给我吗？"
"当然可以！"
嗖——

一块云朵布料慢悠悠地飘落下来。

"谢谢你!"丽莎朝天空大声喊道。

远处的山也很美，跟云朵不同，他是那么安静，那么迷人。

丽莎又向山先生要来了山的布料。

之后，丽莎又要来了森林的布料、溪流的布料。

她还想要……

老虎、狮子、大象的布料。

她还想要……

蒸汽机车的布料。

丽莎拿到了好多好看的布料，把它们都带回了家。
她开始做属于她自己的拼布。

拼布刚刚被做好，就开始扭动起来。

"别动，你这个淘气鬼！"

丽莎赶紧去按，但拼布还是飞了起来。

"你要去哪里？"丽莎急忙去追。

拼布变啊变啊……

最终变成了一个热气球。

"这也许是拼布仙女的魔法吧！"丽莎这样想。

拼布热气球晃了晃。丽莎似乎明白了它的意思，勇敢地跳进了热气球的吊篮里。

　　"走吧，带我去看看更大、更美丽的世界！"

拼布热气球缓缓升上了
天空，丽莎朝爸爸妈妈挥了
挥手：

"我出发啦！拼布热气
球，请带我去……"

拼布热气球带着丽莎飞过了村庄，越过了田野。

大地就像一幅巨大的拼布，似乎看不到尽头。

"带我去……"

拼布热气球带着丽莎来到了城市，
这里高楼林立，有不一样的风景。

"带我去……"

拼布热气球带着丽莎飞到了山里，群山这一边的
风景好美啊！

丽莎还想知道群山的另一边有什么。

拼布热气球带着丽莎飞到了群山的另一边，这里有河流穿过山谷。

拼布热气球继续飞……

拼布热气球又带着丽莎来到
了大海上。

巨大的海浪翻滚着，咆哮着。

"让我们勇敢地前进吧！"

　拼布热气球听话地掠过巨浪，

继续飞啊飞……

"前方的风景好熟悉啊，那是我的家！"丽莎突然喊了起来。
拼布热气球开始慢慢往下降。

"你回来啦！快跟我们说说你看到了什么。"爸爸妈妈好奇地问。

"我看到了很多不一样的风景，现在我的拼布能装下——"

整个世界！

深见春夫"脑洞大开"系列

我的朋友在哪里

[日] 深见春夫 日本智慧鸟　著／绘

深见春夫

GUANGXI NORMAL UNIVERSITY PRESS
广西师范大学出版社
·桂林·

SHENJIANCHUNFU NAODONGDAKAI XILIE WO DE PENGYOU ZAI NALI

深见春夫"脑洞大开"系列 我的朋友在哪里

出版统筹：李闰华	责任编辑：戚 浩
品牌总监：张少敏	助理编辑：田 源
质量总监：李茂军	美术编辑：刘淑媛
选题策划：张少敏	营销编辑：鲍 达
版权联络：郭晓晨	责任技编：郭 鹏
张立飞	

著作权合同登记号桂图登字：20-2025-014 号

图书在版编目（CIP）数据

深见春夫"脑洞大开"系列 . 我的朋友在哪里 /
（日）深见春夫，日本智慧鸟著、绘 . -- 桂林 ：广西
师范大学出版社，2025.5. -- （神秘岛）. -- ISBN 978-
7-5598-8021-5

Ⅰ . I313.85

中国国家版本馆 CIP 数据核字第 2025EL5431 号

广西师范大学出版社出版发行

（广西桂林市五里店路 9 号　邮政编码：541004
网址：http://www.bbtpress.com　　　　　　　　）

出版人：黄轩庄
全国新华书店经销
北京博海升彩色印刷有限公司印刷
（北京市通州区中关村科技园区通州园金桥科技产业基地环宇路 6 号
　邮政编码：100076）
开本：787 mm×1 092 mm　1/16
印张：18　　　字数：100 千
2025 年 5 月第 1 版　　2025 年 5 月第 1 次印刷
定价：150.00 元（全 6 册）

如发现印装质量问题，影响阅读，请与出版社发行部门联系调换。

亲爱的中国小读者们，

　　你们好！我是你们的老朋友深见春夫。这次，我为你们准备了一套全新的故事，希望它们能像《魔法花园》里麦奇夫妇得到的种子那样，在你们心中生根发芽，长成属于你们自己的神奇花园，为你们带来快乐和惊喜。

　　在全新的系列中，我依然为你们准备了各种奇思妙想，带给你们各种脑洞大开的故事，其中有会说话的家具，有能变成热气球的拼布，还有能长成巨大游乐园的神奇植物。我希望这些故事能像魔法一样，为你们打开心灵之窗，让你们在阅读中得到快乐，获得更广阔的眼界。通过这些故事，你们将学会勇敢、关怀、分享等美好品质，这些品质会成为你们成长道路上的宝贵财富。

　　最后，希望你们能喜欢我的新书。愿你们在阅读中发现更多意想不到的喜悦，愿你们的想象力如同天空中的云朵，自由翱翔。我将继续与你们探索这个奇妙的世界！

　　　　　　　　　　　　　　　　深见春夫

小玲有一把汤匙和一把钥匙。

汤匙和钥匙是一对好朋友。

小玲每次出门都会带着钥匙。

而汤匙只能无聊地待在家里，他多想出去看一看啊！

一天，在小玲喝汤的时候，小猫突然跳上了桌，小玲吓了一跳，一不小心把汤匙甩了出去。

"别闹了，小猫。"

"汤匙掉哪儿了？"小玲有些着急。

钥匙从小玲的兜里蹦了出来，说："我去把他找回来吧！"

钥匙来到了花园里。

"请问，您有没有见过一把汤匙？"钥匙问公园里的长椅。

"没见过。不过，刚才好像有什么东西砸到我之后，飞了出去。"长椅指了指另一边。

钥匙朝长椅指的方向走了过去。"请问，您有没有见过一把汤匙？"钥匙问在公园里散步的狗先生。

"没见过。不过，刚才好像有什么东西掉到了那边……"狗先生指了指另一边。

钥匙朝狗先生指的方向走去时，一只乌鸦冲了过来。

"我最喜欢亮闪闪的东西了，跟我回家吧！"
乌鸦抓住钥匙往家飞。

"我可不能跟你走，我在找我的
好朋友。你见过一把汤匙吗？"
"没见过，呀呀。"

云朵听到了他们的对话，低沉地对他们说："我看到过他。我带你们去找他吧！"

云朵张开了大嘴，把乌鸦和钥匙吞了进去。

云朵变成了一架飞机，带着他们
慢悠悠地飘了下来。

云朵靠近了
一辆小货车。

"刚才我看到有一把汤匙掉到了你的车斗里。"
"那你们赶紧找一找吧！"小货车停了下来。

"奇怪，汤匙不在这里啊。"

"刚才我给大熊去送货，汤匙也许在那里。"小货车回忆道。

小货车带着大家来到大熊家。

洞里太黑了，大家什么也看不到。

突然，从山上传来了吼叫声。

"嗷——"
"嗷——"

大家好奇地往山上跑去，想要看看发生了什么。

原来是大熊想把太阳从树上摇下来。

"大熊，你为什么要这么做啊？"

"洞里太暗了，我想让太阳照亮我的家。"

太阳害怕极了，赶紧躲到了乌云的后面。

没想到，乌云越变越大，突然投下一道道闪电！
危险！大家赶紧往回跑，想要躲起来！
只有大熊气呼呼地看着乌云。

大熊鼓起肚皮，用力吐出
一口气，变出了一个大气球，
把乌云和闪电都装了进去！

大气球可真亮，
这下洞里就不黑了。

大家回到洞里找汤匙。

可汤匙不在洞里啊。

"我见过那把汤匙！"从洞外传来一个声音。

原来是太阳。

大熊有了闪电大气球，太阳终于不害怕，又出来了。

天空中出现了一道彩虹。

"顺着这道彩虹就能找到汤匙。"

彩虹的尽头是大海。

一只螃蟹爬了过来。

"我见过那把汤匙。"螃蟹告诉大家。

"他在章鱼国王的家里。我带你们去见他吧。"

说完，螃蟹吐了个大泡泡，把大家都装了进去。

大家见到了章鱼国王。

"我知道汤匙在哪里，但能请你们帮个忙吗？"

章鱼国王边吃边说。

原来，章鱼国王把宝箱的钥匙弄丢了，他的皇冠在里面拿不出来了。

"谁能帮我想想办法？"

"看我的。"钥匙在宝箱的锁孔上转了两下。

宝箱一下子就打开了！

"太感谢你了。"章鱼国王开心地说。

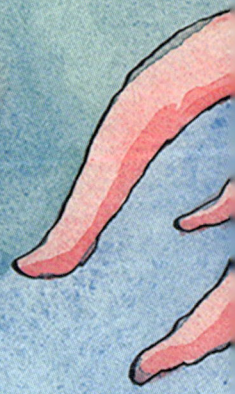

"汤匙在另一边等你呢。"

章鱼国王打开了魔法通道的大门。

通道只能容下钥匙独自通过。

钥匙只好和大家作别，自己走了进去。

门后是一条好长好长、弯弯曲曲的走廊。

钥匙走啊，走啊，终于走到了尽头。

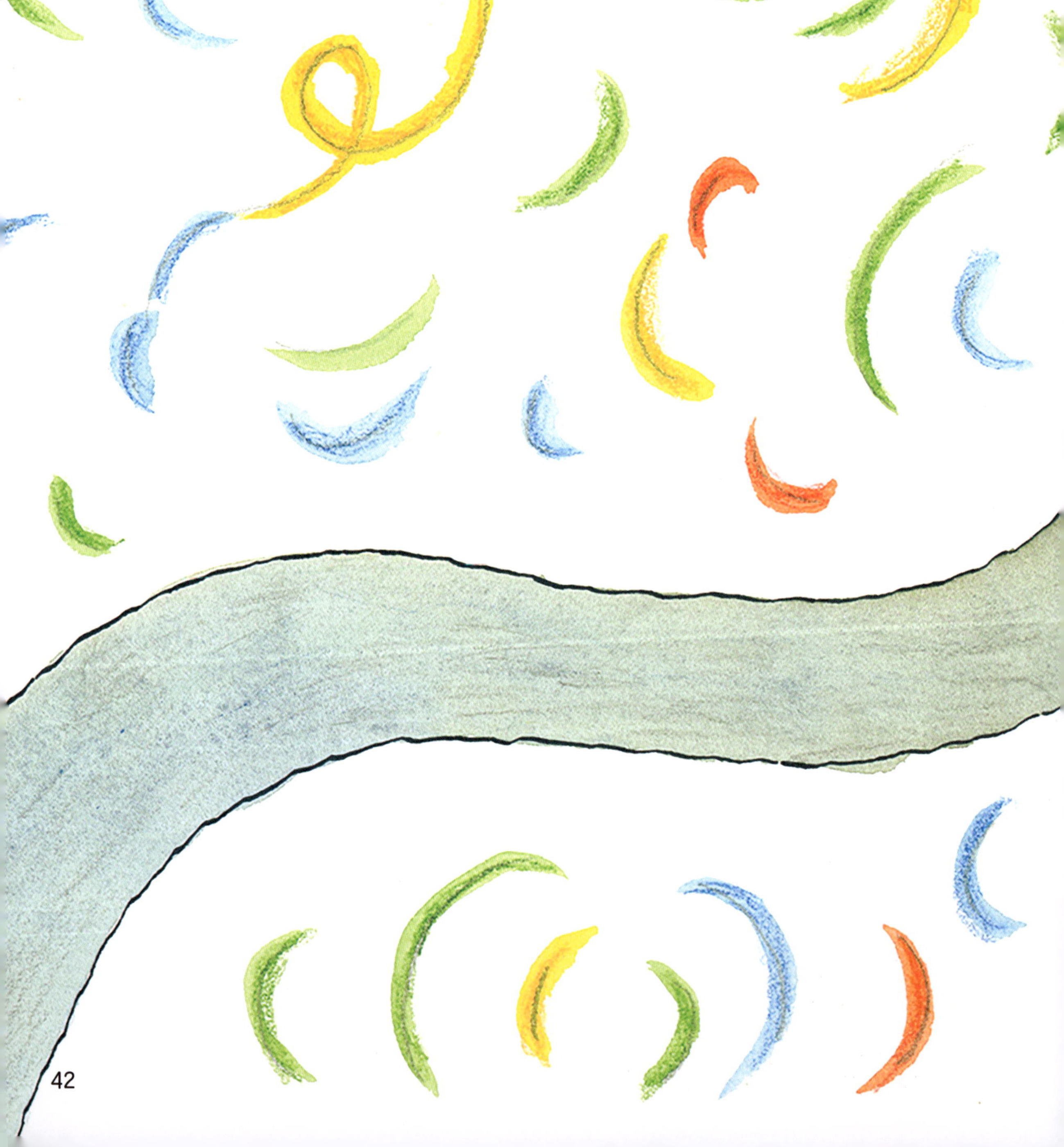

钥匙推开门，走了出来。

汤匙正等在公园的长椅上呢。

"哈哈，原来你在这啊！"

两个好朋友终于见面了。

他们手牵手，往回走！

我好想你们啊!

深见春夫"脑洞大开"系列

小家具大烦恼

[日]深见春夫 日本智慧鸟 著/绘

GUANGXI NORMAL UNIVERSITY PRESS
广西师范大学出版社
·桂林·

SHENJIANCHUNFU NAODONGDAKAI XILIE XIAO JIAJU DA FANNAO

深见春夫"脑洞大开"系列 小家具大烦恼

出版统筹：李闰华	责任编辑：戚 浩
品牌总监：张少敏	助理编辑：田 源
质量总监：李茂军	美术编辑：刘淑媛
选题策划：张少敏	营销编辑：鲍 达
版权联络：郭晓晨	责任技编：郭 鹏
张立飞	

著作权合同登记号桂图登字：20-2025-014 号

图书在版编目（CIP）数据

深见春夫"脑洞大开"系列. 小家具大烦恼 /
（日）深见春夫，日本智慧鸟著、绘. -- 桂林：
广西师范大学出版社，2025.5. -- （神秘岛）.
ISBN 978-7-5598-8021-5

Ⅰ. I313.85
中国国家版本馆 CIP 数据核字第 202597S4J7 号

广西师范大学出版社出版发行

（广西桂林市五里店路 9 号　邮政编码：541004
网址：http://www.bbtpress.com ）

出版人：黄轩庄
全国新华书店经销
北京博海升彩色印刷有限公司印刷
（北京市通州区中关村科技园区通州园金桥科技产业基地环宇路 6 号
　邮政编码：100076）
开本：787 mm×1 092 mm　1/16
印张：18　　字数：100 千
2025 年 5 月第 1 版　　2025 年 5 月第 1 次印刷
定价：150.00 元（全 6 册）

如发现印装质量问题，影响阅读，请与出版社发行部门联系调换。

亲爱的中国小读者们，

　　你们好！我是你们的老朋友深见春夫。这次，我为你们准备了一套全新的故事，希望它们能像《魔法花园》里麦奇夫妇得到的种子那样，在你们心中生根发芽，长成属于你们自己的神奇花园，为你们带来快乐和惊喜。

　　在全新的系列中，我依然为你们准备了各种奇思妙想，带给你们各种脑洞大开的故事，其中有会说话的家具，有能变成热气球的拼布，还有能长成巨大游乐园的神奇植物。我希望这些故事能像魔法一样，为你们打开心灵之窗，让你们在阅读中得到快乐，获得更广阔的眼界。通过这些故事，你们将学会勇敢、关怀、分享等美好品质，这些品质会成为你们成长道路上的宝贵财富。

　　最后，希望你们能喜欢我的新书。愿你们在阅读中发现更多意想不到的喜悦，愿你们的想象力如同天空中的云朵，自由翱翔。我将继续与你们探索这个奇妙的世界！

深见春夫

小怪物想做一套新家具。

他偷偷跑到人类的伐木场里，发现了一棵刚刚被砍下的树。

"太好了！不大不小刚刚好！"

他决定把它抱回家。

"哼哧哼哧，好累啊！"

小怪物随手把树扔到了地上，跑下山去找帮手。

一个伐木工路过这里："咦，这不是我刚刚砍的树吗？"

他把这棵树运回村里，卖给了村里的木匠。

木匠先用大树做了一个小柜子。

没想到，刚做好的小柜子居然动了起来，还说起了话。

"你们是我的爸爸妈妈吗？"小柜子好奇地问。

木匠夫妇点了点头，惊讶得说不出话来。

"我还有兄弟姐妹吗？"

木匠赶紧做了凳子、椅子、沙发，
还有书架和桌子。

木匠的妻子给所有家具做了脚套，还给沙发套上了漂亮的花布罩，给桌子铺上了干净的桌布……

这下家里可热闹了，大家都很开心。

日子一天天过去，家具们难免有磕碰。

"嘿，桌子，别再从我身上迈过去了！"

"嘿，凳子，你还总绊到我的桌腿呢！"

"哼！臭美什么啊，不就是多了个布罩吗！"

"凭什么好东西都放
进柜子里啊！"

"好难受啊，
怎么什么东西都放
到我这里啊！"

"你们别吵了，就不能安静
一会儿吗！"

　　一天，家具们又因为一点点小事情吵了起来，越吵越厉害，甚至打了起来，屋里一片混乱。

"别打了，别打了！"
木匠夫妇赶紧来劝架。

"为什么他的腿做得比我的长？"

"为什么他的衣服比我的还漂亮？"

家具们谁也不服谁。

一气之下，椅子、桌子、沙发，还有凳子离开了家。

只有笨重的柜子和书架留了下来。

21

委屈的凳子走进了森林。他心情低落，边走边抱怨着木匠，并没有发现躲在树后的小怪物。

"原来是木匠拿走了我的树，我要找他去算
账！"小怪物一把抓住了凳子。

小怪物带着凳子气呼呼地
朝木匠家走去。

这一切被躲在树丛后的沙发看到了。

"不好了，出事了！"

沙发一下子忘了刚才的不愉快，赶紧抄近路往家跑。

椅子在路上扶起了一位摔倒的老爷爷，

一下子想到了爸爸和妈妈。

于是，他赶紧转头往家走。

一转头，椅子看到了从身后跑来的沙发。

"不好了，出事了！"沙发慌慌张张地喊着。

桌子没走多远停了下来。

他一直想不明白自己为什么
生气，于是掉头往家走。

身后，沙发和椅子急匆匆
地跑来，喊着：
　　"不好了，出事了！"

小怪物带着凳子找到了木匠的家，一脚踹开了门。

"是你们拿走了我的树，我要吃了你们！"

木匠夫妇吓坏了。

啪啪

咚

柜子可不怕小怪物，直接朝他撞了过去。

书架也在一旁帮起了忙。

此时，家具们都赶了回来，大家一
起扑向了小怪物。

凳子猛地冲过去，一下绊倒了小怪物。

沉甸甸的柜子马上压住了他。

大家牢牢地抓住了小怪物。

"别打了，别打了，我再也不敢欺负你们了。"
小怪物连忙求饶道。

家具们人多力量大，赶跑了欺负人的小怪物。

没过几天，不甘心的小怪物又出现在村子里。

"这次我一定要好好教训教训你们！"

为了对付小怪物，家具们一个一个

叠了起来……

变成了巨大的木头人！

木头人将小怪物牢牢地按在地上，用魔法将
他变成了一棵浑身长满疙瘩的大树。

从此，村里再也没有怪物来捣乱了。

那棵树还长在那里。

大家再也**不吵架**了！